CATALOGUE

DES

LIVRES

FORMANT LA BIBLIOTHÈQUE DE

M. H. LEHMANN

MEMBRE DE L'INSTITUT

DONT LA VENTE AURA LIEU

Les Vendredi 13 & Samedi 14 Avril

A DEUX HEURES PRÉCISES

HOTEL DES COMMISSAIRES-PRISEURS

RUE DROUOT

SALLE N° 7

Par le Ministère de Me ESCRIBE, Commissaire-Priseur
Rue de Hanovre, 6
Et de Me P. CHEVALLIER, son Collègue
Rue Grange-Batelière, 10
Assistés de M. F. VIEWEG, Libraire-Éditeur

PARIS
F. VIEWEG, LIBRAIRE-ÉDITEUR
67, RUE DE RICHELIEU, 67
1883

PARIS. — IMP. CHAIX, SUCC. DE SAINT-OUEN. — 1716-3.

CATALOGUE

DES

LIVRES

FORMANT LA BIBLIOTHÈQUE DE

M. H. LEHMANN

MEMBRE DE L'INSTITUT

DONT LA VENTE AURA LIEU

Les Vendredi 13 & Samedi 14 Avril

A DEUX HEURES PRÉCISES

HOTEL DES COMMISSAIRES-PRISEURS

RUE DROUOT

SALLE N° 7

Par le Ministère de Me ESCRIBE, Commissaire-Priseur
Rue de Hanovre, 6
Et de Me P. CHEVALLIER, son Collègue
Rue Grange-Batelière, 10
Assistés de M. F. VIEWEG, Libraire-Éditeur

PARIS
F. VIEWEG, LIBRAIRE-ÉDITEUR
67, RUE DE RICHELIEU, 67
1883

CONDITIONS DE LA VENTE

La vente se fait expressément au comptant.

Les acquéreurs payeront 5 pour cent en plus des enchères, applicables aux frais.

Il y aura exposition chaque jour de vente, de 1 heure à 2 heures.

Les livres devront être collationnés dans les 24 heures de l'adjudication. Passé ce délai, ou une fois sortis de la salle de vente, ils ne seront repris pour aucune cause.

M. F. VIEWEG remplira les commissions des personnes qui ne pourraient assister à la vente.

DÉSIGNATION DES LIVRES

1. About E., La Prusse en 1860, et autres brochures polit. *Paris,* 1860, in-8, d. m. r.

2. About E., Salon de 1866. *Paris,* 1867, d. m. v.
Dédicace de l'auteur.

3. Adams R., Theorie der Farbenharmonie u. Farbengebung. *Berlin,* 1865, tome I, in-8, pl. color., d. m. r.

4. Adelung J-C., Grammatisch-kritisches Wörterbuch der hochdeutschen Mundart. Mit Soltau's Beyträgen revidirt von Schönberger. *Wien,* 1808, 4 vol. in-4, v. racine.

5. Aeschylos, Werke übersetzt von J.-G. Droysen. 2. Aufl. *Berlin,* 1842, in-18, d. m. n.
Le titre et l'introduction sont mouillés.

6. Albrespy A., Influence de la liberté et des idées religieuses et morales sur les beaux-arts. *Paris,* 1867, in-12, d. m. v.

7. Allihn M., Dürer-Studien. *Leipzig,* 1871, in-8, fig. toile pl.

8. Alten Fr., Aus Tischbein's Leben und Briefwechsel. *Leipzig*, 1872, in-8, d. m. v. cl.

9. Ampère A. M., Journal et correspondance recueillis par Mme H. C. *Paris*, 1872, in-12, d. m. r.

10. Ampère André-Marie et Jean-Jacques, Correspondance et souvenirs (de 1805-64) recueillis par Mme H.C., 2e édit. *Paris*, 1875, 2 vol. in-12, d. m. r.

11. Anakreon und Sappho, freie Nachbildung für den deutschen Gesang von W. Gerhard. *Leipzig*, 1818, in-18, jolies grav. et musique notée, d. m. v.

12. Apulée, Les métamorphoses ou l'âne d'or, en latin et en français. *Paris*, 1787, tom. I, avec fig. en t. d. in-8, veau plein.

13. L'Archevêque de Paris, Lettres pastorales. *Paris*, 1863-66, 4 parties en 1 vol. in-4, d. m. n.

14. Ariosto, Orlando furioso, tutto ricorretto et di nuove figure adornato con le annotationi di J. Ruscelli, etc. *Venetia*, Valgrisi, 1565, in-4, fig. s. bois, d. m. r.

Quelques légères mouillures.

15. Aristophanes übersetzt von L. Seeger. *Frankfürt*, 1845, tome I, in-8, d. m. r.

16. Aristote, Métaphysique, trad. en français avec des notes perpétuelles, par J. Barthélemy Saint-Hilaire. *Paris*, 1870, 3 vol. in-8, d. m. n.

Dédicace du traducteur.

17. Art pour tous. Encyclopédie de l'art industriel et décoratif. Années 1 à 18. *Paris*, 1861 à 79, 18 vol. in-fol. pl. et fig. d. m. bleu.

Magnifique exemplaire.

18. The Art Journal, illustrated Catalogue of the industry of all nations. *Londres*, 1851, in-4, grand nombre de fig. cart, toile, tête dor.

Dédicace de M. S.-C. Hall à M. Lehmann.

19. L'Artiste, Revue de Paris : beaux-arts, romans, voyages, etc., dirigé par Ch. Furne, A. Houssaye, etc. *Paris*, 1846 à 51, 56 à 60. Années 16 à 20, 26 à 30, ou séries IV, tome 6 à 11 ; V, t. 1 à 6 ; VI, t. 1 à 3. Nouv. série t. 1 à 10, in-fol. gravures, et 1881, mai, liv. II.

Exempl. défectueux, il manque beaucoup de gravures et des fascicules entiers, plusieurs fascic. sont mouillés.

20. Arts (les) somptuaires. Histoire du costume et de l'ameublement, sous la direction de Hangard-Maugé, dessins de Cl. Ciappori. Introduction et texte explicatif, par Ch. Louandre. Impressions en couleur par Hangard-Maugé. *Paris*, 1857-58, 2 vol. de texte et 2 atlas in-4, d. m. Lavallière coins, tr. peigne.

Notes au crayon.

21. Augier E., Gabrielle, comédie, 3e éd. *Paris*, 1850, d. veau v.

22. d'Avezac, Année véritable de la naissance de Christ. Colomb. Ext. *Paris*, 1873, in-8, d. m. viol. Dans le même vol. quelques brochures de Wolowski, etc.

23. Azaïs H., Des compensations dans les destinées humaines. 5e édit. *Paris*, 1846, in-12, portr. d. m. v.

24. Ballu Th., Monographie de l'église de la Trinité construite par la Ville de Paris. *Paris*, 1868, in-fol. pl. gravées, d. m. r.

25. Bataille de Dorking. Invasion des Prussiens en Angleterre, préface par Ch. Yriarte. *Paris*, 1871, in-12, d. m. n.

26. Batissier L., Histoire de l'art monumental dans l'antiquité et au moyen âge. 2e édit. *Paris*, 1860. Gr. in-8, fig. d. m. r. tête dor. n. r.

27. Beaumarchais, Théâtre, précédé d'une notice par Auger. *Paris*, 1854, in-12, portr. d. m. v.

28. Beneke O., Hamburgische Geschichten und Denkwürdigkeiten. *Hamburg*, 1856, in-8, cart. d. t.

29. Bericht uber Rossetti 's Ideen zu einer neuen Erläuterung des Dante. *Berlin*, 1840, in-8. d. m. r.

30. Beulé E., le Drame du Vésuve. *Paris*, 1872, in-8, d. m. viol. n. r.

31. Beulé E., Phidias, drame antique. *Paris*, 1863, in-12, d. m, relié avec la couverture.

Dédicace de l'auteur.

32. Beulé E., Causeries sur l'Art. *Paris*, 1867. in-8. d. m. viol.

33. Beulé E., Histoire de l'Art grec avant Périclès. *Paris*, 1868, in-8, d. m. viol.

34. Beulé E., Histoire de la Sculpture avant Phidias. *Paris*, 1864, in-4. fig. d. m. viol. (Extrait de la *Gaz. des Beaux-Arts*.)

35. Bezold W. v., Die Farbenlehre im Hinblick auf Kunst und. Kunstgewerbe. *Braunschweig*, 1874, in-8. fig. et pl. d. m. r.

36. Biographies de Gervinus, Walewski, Constant-Dufeux, etc. (en allemand et en français). Rel. en 1 vol. d. m. r.

Portr. de Bouterwek.

37. Blanc Ch., Ingres, sa vie et ses ouvrages. *Paris*, 1870, in-4, portr. et 12 grav. d. m. r. dos orné, tr. peigne.

Dédicace de l'auteur.

38. Blanc Ch., Grammaire des arts du dessin, architecture, sculpture, peinture, etc. *Paris*, 1867, in-4, fig. d. m. r. coins, tête dor. n. r.

Dédicace de l'auteur.

39. Bonnard C., Costumes des XIIIe, XIVe et XVe siècles, extraits des monuments les plus authentiques de peinture et de sculpture, avec un texte histor. et descriptif. *Paris*, 1829 à 1830, 2 vol. in-4, pl. color. d. m. r. coins, tête dor., n. rogné. Reliure de *Capé*.

40. Börne L., Gesammelte Schriften. 2. Aufl. *Hamburg*, 1840, 8 tom. en 4 vol. — Nachgelassene Schriften, *Mannheim*, 1844 à 47, 5 tom. en 3 vol. in-12. Ensemble 13 tom. en 7 vol., d. veau fauve.

Le 5e vol. des Nachgelass. Schriften est de l'édition de Stuttgart 1840.

41. Bornier H. de, L'Apôtre, drame en vers. *Paris*, 1881, in-12, br. coupé, pap. fort.

42. Bosse A., De la manière de graver à l'eau-forte et au burin. *Paris*, 1758, in-8, pl. veau.

43. Bossuet, Oraisons funèbres. *Paris, Didot*, 1847, in-12, portr. d. m. r.

44. Bossuet, Discours sur l'Histoire universelle. *Paris, Didot*, 1843, in-12, portr. d. m. r.

45. Bouchitté H., Le Poussin, sa vie et son œuvre. *Paris*, 1858, in-8, d. m. v.

46. Bouillier F., Du plaisir et de la douleur, 2e édit. *Paris*, 1877, in-12, d. m. v.

47. Brantôme, Vies des dames galantes. Nouv. éd. par H. Vigneau. *Paris*, 1857, gr. in-18, cart. toile n. r.

Bibliothèque gauloise.

48. Braun J.-W.-J., Raffael's Disputa. *Dusseldorf*, 1859, in-8, pl. Suivi de deux mémoires de Hagen et de Springer sur le même sujet. *Leipzig et Bonn*, 1860, en 1 vol. d. m. viol.

49. Bréal M., Quelques mots sur l'instruction publique en France. 3e édit. *Paris*, 1873, in-12, br. coupé.

Dédicace de l'auteur.

50. Brentano Clemens, Frühlingskranz aus Jugendsbriefen ihm geflochten. *Charlottenburg*, 1844, tome I., in-12. d. m. v.

Avec autographe de M. Lehmann.

51. Briefwechsel zwischen Goethe und Zelter in den J. 1796-1832. Herausg. von W. Riemer. *Berlin*, 1833-34, tomes I à IV, in-8, d. veau r., tomes V et VI d. m. v.

52. Briefwechsel zwischen Schiller und Goethe inden J. 1794-1805. *Stuttgart*, *Cotta*, 1828-29, 6 vol. in-8, d. veau viol.

53. Brochures sur les beaux-arts, 5 diverses par R. Clément (Sur le théâtre antique), Beulé (Un préjugé sur l'art romain) etc. in-8, le tout en 1 vol. d. m. viol.

54. Brochures sur les beaux-arts, 13 diverses, par Graefe, Magnus(die Polychromie), Lazerges, Dantès, Valleyres, Gruyer, (Application de l'art à l'industrie), Thierry, Beulé (Journal de mes fouilles etc.), Katalog der Holbein-Austellung zu Dresden, etc. in-8, fig. Le tout en 1 vol. d. m. viol.

Dédicaces de Gruyer et de Thierry.

55. Brochures sur les beaux-arts, 13 diverses, par Kinkel, W. Schmidt, Breton, Ideville, Beulé (Souvenirs personnels), Gruyer (sur Beulé), Lafon de Camarsac etc. in-8, avec pl. Le tout en 1 vol. d. m. viol.

Dédicace d'Ideville.

56. Brochures sur les beaux-arts, 12 diverses, par L. David, Lazerges, Heuzey, E. Guillaume, Ch. Rochet, Feuillet de Conches, etc. Le tout en 1 vol. in-8, d. m. viol.

Avec dédicaces de Heuzey, Guillaume et Rochet.

57. Brochures sur les beaux-arts, 10 mémoires divers, *Paris*, 1861-64, in-4, en 1 vol. d. m. v. n. r. Cont. Curmer, Jean Fouquet. Mémoires de Viollet-le-Duc, Vitet, Triqueti, etc.

58. Brochures sur les beaux-arts, 30 diverses, par Becq de Fouquières, Etex, Lecoq de Boisbaudran, Gruyer, Reiber, Montucci, Chesneau, etc., etc. *Paris*, 1870-80, in-8 et in-4 br.

Avec dédicaces de quelques-uns des auteurs.

59. Brochures sur les beaux-arts, 6 diverses ; Trzeschtik, Katechismus der Farben-harmonik Wien. — Neumann, die Kunst in der Wirthschaft. — Gruyer, les fresques de Raphael provenant de la Magliana av. pl. — P. de Musset, sur la vie de G. Ricard, etc. Le tout en 1 vol. in-4 d. m. viol.

60. Brochures, 6 diverses, Terzuolo, sur le dictionnaire de l'Académie. — Borchard, l'hygiène publ. chez les Juifs. — De Haes, Procédés des coloristes anciens, etc. Le tout en 1 vol. in-8, d. m. viol.

61. Brochures diverses, rel. en 1 vol. d. m. v.

62. Brochures diverses de Wolowski, Lehmann, Gaudry, etc., rel. en 1 vol. d. m. v.

63. Bucher B., Geschichte der technischen Künste. *Stuttgart*, 1878, in-8, tome II. fig. d. m. v. dos orné, tr. peigne.

64. Bucher B., Die Kunst im Handwerk. 2. Aufl. *Wien*, 1876, 12 fig. cart.

65. Bullemont A. de. Catalogue des peintures, sculptures, etc., qui décoraient l'Hôtel de Ville de Paris. *Paris* 1871, eaux-fortes, par Brunet-Debaines. Notice sur le tombeau de saint Martin. *Tours*, 1861. plans. Gruyer G., les Monuments de l'art à San-Gimignano. *Paris*, 1870, in-8. Le tout en 1 vol. d. m. viol.

66. Bulwer, Kenelm Chillingly, Roman übersetzt von E. Lehmann. *Leipzig*, 1873, 3 vol. in-12, d. mar. r.

67. Bulwer Die Pariser, Roman übersetzt von E. Lehmann *Wien*, 1874, 4 tom. en 2 vol. in-12, d. m. r.

68. Burckhardt J., Die Cultur der Renaissance in Italien. 2. Aufl. *Leipzig*, 1869, in-8, d. m. bl. tr. peigne.

69. Byron, Sämmtliche Werke, deutsch von A. Bottger. 3. Ausg. *Leipzig*, 1845, gr. in-8, portr. d. m. r.

70. Calliat V., l'Hôtel de Ville de Paris, mesuré, dessiné, gravé, avec une histoire de ce monument, par Le Roux de Lincy. *Paris*, 1844, gr. in-fol. d. m. brun, plats toile, aux armes de la Ville de Paris.

71. Canonge J., Arles en France. Nouvelles. *Paris*, 1850, in-12, d. v. v.

72. Cardinali Hug. (Ord. Prædic.), Bibliorum Vulgatæ edit. concordantiae, emend. ab Fr. Luca. *Lugduni*, 1652, in-4, veau, *reliure fatiguée.*

73. Caro E., Études morales sur le temps présent. *Paris*, 1855, in-12, d. m. noir.

74. Catalogue de tableaux anciens et mod. de l'École anglaise, collection E. G. *Paris*, 1876, gr. in-8, br. avec 9 eaux-fortes.

75. Catalogue de 43 tableaux de maîtres anciens de la collection Koucheleff Beskorodko. *Paris*, 1869, gr. in-8. br. avec 15 eaux-fortes.

76. Catalogue de 23 tableaux des écoles flamande et hollandaise de la galerie de San Donato. *Paris*, 1868. gr. in-8, br. avec 23 eaux-fortes.

77. Catalogue de tableaux modernes et anciens de la collection Laurent-Richard. *Paris*, 1878, gr. in-8, br. avec 52 eaux-fortes.

78. Catalogue des tableaux anciens, dessins et aquarelles de la collection Schneider. *Paris*, 1876, gr. in-8, br. avec 22 eaux-fortes.

79. Catalogue des tableaux modernes de la collection de M. Edwards. *Paris*, 1870, gr. in-8, avec 27 photographies.

80. Catalogues de la 2e et 3e expositions de la Société des aquarellistes français, 1880 et 1881. *Paris*, gr. in-8, 2 vol. illustrés. Gr. pap.

81. Catalogue des tableaux, esquisses, etc., par Paul Huet. *Paris*, 1878, gr. in-8, avec 8 eaux-fortes. — Catalogue de 41 tableaux, etc., par A. de Knyff. *Paris*, 1876, gr. in-8, avec 6 eaux-fortes.

82. Catalogue de tableaux anciens, collection de Mme Bl***. *Paris*, 1876, avec 5 eaux-fortes. — Catalogue de tableaux modernes et anciens. collection Saucède. *Paris*, 1879, gr. in-8, br., 2 vol. avec 8 eaux-fortes.

Quelques prix au crayon.

83. Catalogues des galeries de Berlin, Dresde, Lyon, Munich, Vienne, Naples, Anvers, Amsterdam. Londres, etc., etc. Pour la plupart en anciennes éditions; ensemble 38 vol. et plaquettes in-8 et in-12, rel. et broch. Plus quelques catalogues d'expositions d'art.

Quelques notices marginales.

84. Catalogues de tableaux anciens et modernes, objets d'art, etc. *Paris*. Collection Double, 1881, marquis de Rocheb..., 1873, G. Dutilleux, 1874, Mme B***, 1877, J. Jacquemart, 1881, J. Pils, Oppenheim, 1877, Eug. Fromentin, 1877, Lissingen de Vienne, 1876, Walferdin, 1880, Fortuny, 1875, Diaz, 1877, Sedelmeyer, 1877, M. Albert B***, 1878, du duc de Berwick et d'Albe, 1877. Ensemble 15 vol. gr. in-8, br.

85. Catalogue du musée de Cluny. *Paris*, 1859, d. m. v.

86. Catalogue des tableaux, des sculptures de la Renaissance et des majoliques, des bijoux du musée Napoléon III. *Paris*, 1862, 2 vol. — *Reiset*, Notice des tableaux du musée Napoléon III. *Paris*, 1863. — Notice des tableaux légués au Louvre par L. La Caze. *Paris*, 1870, in-12, ensemble 4 vol. d. m. v.

87. Catalogue raisonné d'une collection de livres, etc., relatifs aux arts de peinture, etc., réunie par J. Goddé. *Paris*, 1850, in-8, cart. d. toile.

88. Catalogue de tableaux modernes composant la collection de M. Faure. *Paris*, 1873, gr. in-8, avec 27 eaux-fortes, d. m. v.

89. Catalogues de tableaux modernes : collection Faure, 1877, 23 pl.; du baron J. de H*** de Bruxelles, 1877, 13 pl.; du baron E. de Beurnonville, 1880, 21 pl.; de M. S***, 1881, 14 pl.; de E.-J. Jacobson de la Haye, 1876, 20 pl.; de Walchren van Wadenoyen de Nimmerdor, 1876, 25 pl.; de MM. L. de New-York et Hermann de Paris, 1879, 8 pl.; collection d'un amateur, 1881, 16 pl. *Paris*, grand in-8, br., ensemble 8 catalogues avec 140 eaux-fortes.

90. Chailly-Honoré, Traité pratique de l'art des accouchements, 3e édit. *Paris*, 1853, in-8, fig. d. v. fauve, tr. d. n. r.

91. Chambrun (le comte de), Fragments politiques. 2e édit. *Paris*, 1872, gr. in-8, br., non coupé.

Dédicace de l'auteur.

92. Champfleury, Ma tante Péronne. *Paris*, 1867, in-12, d. m. Lavallière.

93. Charles E., Lectures de philosophie. *Paris*, s. d., 2 vol. in-12, d. m. noir.

94. Chasles Ph., Études sur l'Allemagne au XIXe siècle. *Paris*, 1861, in-12, d. m. viol.

95. Chateaubriand, Le Génie du christianisme. *Paris*, 1854, 2 vol. in-12, d. mar. noir, plats toile, Portrait.

96. Chefs-d'œuvre de l'art antique. Ire série, Monuments de la vie des anciens. 3 vol. et 3 atlas. IIe Série, Monuments de la peinture et de la sculpture, 4 vol. et 4 atlas. Texte par Robiou et Lenormant. *Paris*, 1867, in-4, le texte 7 tom. en 2 vol. d. toile, et les atlas en 7 portefeuilles toile.

97. Chénier A., Poésies. *Paris*, 1855, in-12, portr. d. m. noir.

98. Chennevières Ph. de, Notice sur la galerie d'Apollon au Louvre. *Paris*, 1851, in-8, pap. fort, d. m. r. n. r.

99. Cherbuliez V., A propos d'un cheval, causeries athéniennes. *Genève,* 1860, in-8, pl. d. m. viol.

100. Choix d'ouvrages mystiques traduits du latin en français : Saint Augustin, Boèce, etc. *Paris,* 1835, gr. in-8, d. m. vert, plats toile.

101. Chouquet G., Catalogue raisonné des instruments du musée du Conservatoire national de musique, *Paris*, 1875, gr, in-8, m. Lavallière.

Dédicace de l'auteur.

102. Cicéron, Œuvres complètes avec la traduction en français, publ. par Nisard. Tome IV. Philosophica. *Paris*, 1850, 1 tom. rel. en 2 vol. d. veau fauve.

103. Clément F., Les musiciens célèbres depuis le XVIe siècle jusqu'à nos jours, *Paris*, 1868, gr. in-8°, avec 44 portr. et 3 héliograv. d. m. r.

104. Clément Ch., Prudhon, sa vie, ses œuvres et sa correspondance. *Paris*, 1872, gr. in-8°, avec 30 grav. d. m. viol. tr. dor., dos orné.

105. Comarmond A., Notice du musée lapidaire de la ville de Lyon. *Lyon*, 1855, in-8°, d. m. v.

106. Comte de Paris, Die Gewerkvereine in England, übers. von E. Lehmann. *Berlin*, 1870, in-8°, d. m. r.

Avec dédicace sur le titre.

107. Cormon J.-L.-B., Dictionnaire italien-français, 4e édit. *Paris*, 1823, in-8°, d. bas. viol.

108. Couder A., Considérations sur le but moral des beaux-arts. *Paris*, 1867, d. m. v.

Dédicace de l'auteur.

109. Courier P.-L., œuvres. *Paris*, 1848, in-12, portr., d. veau fauve.

10. Cousin V., Du vrai, du beau et du bien. *Paris*, 1853, in-8°, d. m. br.

111. Daly C., Des concours pour les monuments publics. — Jollivet J., De la peinture religieuse à l'extérieur des églises. *Paris*, 1861, 2 parties en 1 vol. in-8°, d. m. viol.

Dédicaces des auteurs.

112. Dante, Œuvres, La divine Comédie, trad. par A. Brizeux. — La vie nouvelle, trad. par Delécluze. *Paris*, 1847, in-12, d. veau v.

113. Dante, L'Enfer, traduit en vers avec le texte en regard par L. Ratisbonne. *Paris*, 1852-1854, 2 vol. in-12, d. m. r.

Un nom sur le titre.

114. D'Arpentigny S., La Science de la main, 2e édit. *Paris*, s. d. in-8°, d. m. v.

115. Daudet A., Jack, mœurs contemporaines. *Paris*, 1876, 2 vol. in-12, br. coupés.

116. Delaborde H., Mélanges sur l'art contemporain. *Paris*, 1866, in-8°, d. m. viol.

Dédicace de l'auteur.

117. Delaborde H., Étude sur les beaux-arts en France et en Italie. *Paris*, 1864, 2 vol, in-8°, d. m. viol.

Dédicace de l'auteur.

118. Delaborde H., Le département des estampes à la Bibliothèque nationale. Notice histor. suivie d'un catalogue. *Paris*, 1875, petit in-8°, d. m. v.

119. Delaborde H., Lettres et pensées d'Hippolyte Flandrin. *Paris*, 1865, gr. in-8°, portr. et fac-sim. d. m. viol., dos orné.

120, Delaborde H., Ingres, sa vie, ses travaux, sa doctrine d'après ses notes manuscrites et lettres. *Paris*. 1870, gr. in-8, portr. d. m. r. dos orné, tr. peigne.

Dédicace de l'auteur.

211. Delacroix Eugène, Lettres (1815-63) recueillies et publ. par Ph. Burty. *Paris*, 1878, gr. in-8, portr. et fac-similé, cart. en toile, n. r.

122. Delécluze E. J., Louis David, son école et son temps. *Paris*, 1855, in-12, d. veau fauve.

123, Delécluze E. J., Romans, contes et nouvelles. *Paris*, 1845, in-12, d. v. fauve. *piqué*.

124. Delécluze E. J., Dante Alighieri ou la poésie amoureuse. *Paris*, s. d. in-12, d. v. fauve.

125. Descartes, Œuvres morales et philosophiques, précédées d'une notice par A. Prévost. *Paris*, s. d. in-8, d. m. n.

Notes marginales au crayon.

126. Dickens Ch., Maison à louer, trad. par B. H. Révoil. *Paris*, 1874, in-12, d. m. v.

127. Dictionnaire de la conversation et de la lecture, (rédigé par W. Duckett). *Paris*, 1832 à 1839, 52 tom. en 26 vol. in-8. d. bas. v.

128. Dictionnaire de l'Académie des Beaux-Arts. *Paris* 1878-81, tome IV, livr. 1 et 2, in-4, br. pl.

129. Diderot, Œuvres choisies, précédées de sa vie par F. Génin. *Paris*, 1847, 2 vol. in-12, d. v. fauve.

130. Didier Ch., 500 Lieues sur le Nil. *Paris*, 1858, in-12 d. v. rouge.

131. Didot A. F., Études sur Jean Cousin, J. Leclerc et P. Woeiriot. *Paris*, 1872, gr. in-8, portr. et pl. photograph., d. m. noir.

132. Donner O., Die erhaltenen antiken Wandmalereien in technischer Beziehung untersucht. *Leipzig*, 1869, in-8, pl. d. m. v.

133. Droz J., Économie politique ou principes de la science des richesses, 3e éd. *Paris*, 1854, in-12, d. v. vert.

134. Düntzer H., Freundesbilder aus Gœthes Leben. *Leipzig*, 1853, in-8, d. m. v.

135. Duplessis G., De la gravure de portrait en France. *Paris*, 1875, in-8, pap. vergé, d. m. Lavallière, relié avec la couverture.

Dédicace de l'auteur.

136. Duplessis G.,Essai d'une bibliographie générale des Beaux-Arts. *Paris*, 1866, in-8, d. m. Lavallière.

Dédicace de l'auteur.

137. Duplessis G., Les Merveilles de la gravure. *Paris*, 1869, in-12, fig. d. m. vert.

138. Duplessis, G.. Histoire de la gravure. *Paris*, 1880. in-4, avec 73 reproductions, d. m. r., coins, tête dor. n. r.

139. Dupont-White, La Contralisation, suite à l'Individu et l'Etat. *Paris*, 1876, in-12, br. coupé.

140. Dupont-White, Mélanges philosophiques. *Paris*, 1878, in-8, d. m. r. n. r.

Dédicace de l'auteur. Quelques notes au crayon.

141. Durande A., Joseph, Carle et Horace Vernet. Correspondance et biographies. *Paris*, s. d. in-12, d. m. v.

142. Eckermann J. P., Gespräche mit Goethe in den letzten Jahren seines Lebens, 1823-32. 2. Ausg. *Leipzig*, 1837 et *Magdebourg*, 1848, 3 v. in-12, veau bleu, tr. d. bel expl. (*Reliure de Spachmann.*)

143. Eitelberger von Edelberg R., Ueber Zeichenunterricht und kunstgewerbliche Fachschulen. *Wien*, 1876, in-8, d. m. v.

144. Eliot G., Middlemarch. Aus dem Leben der Provinz. Uebersetzt von E. Lehmann. *Berlin*, 1872-73, 4 tom. en 2 vol. in-12, d. m. v.

145. Eliot G., Félix Holt, der Radikale. Roman übersetzt von E. Lehmann. *Berlin*, 1868, 6 tom. en 3 vol. in-12, d. m. v.

146. Elwart A., Histoire de la société des concerts du Conservatoire impérial de musique, 2e édit. *Paris*, 1864, in-12, portr. d. m. v.

Dédicace de l'auteur.

147. Epictète, Entretiens recueillis par Arrien. Traduction nouv. et complète, par V. Courdaveaux. *Paris*, 1862, in-8, d. m. r. tr. d.

Dédicace de M. B.-St-Hilaire à M. Lehmann.

148. Euripides, deutsch von J.-J.-C. Donner. *Heidelberg*, 1841-45, 2 tom. en 1 vol. d. m. viol.

149. Ewald A., Die Farbenbewegung, kulturgeschicht. Untersuchungen. I. Gelb, I. Hälfte. *Berlin*, 1876, in-8, br. non coupé.

150. Eye A. v., Leben und Werke A. Dürers. *Nordlingen*, 1860, in-8, d. m. Lavallière.

Dédicace de Mme Lehmann mère.

151. Félibien, Entretiens sur les vies et sur les ouvrages des plus excellents peintres, anciens et modernes, avec la vie des architectes. *Trévoux*, 1725, 6 vol. — Perrot, Mlle, Traité de la miniature. S. l., 1625, 1 vol. ensemble 7 tom. en 6 vol. in-12, pl. veau.

Exempl. de Paul Delaroche.

152. Fernow C. L., Römische Studien. *Zurich*, 1806, 2 vol. in-12, d. v.

153. Fichte J. H., Zur Seelenfrage. *Leipzig*, 1859, in-12, d. m. n.

154. Fichte J. H., Anthropologie. Die Lehre von der menschlichen Seele. *Leipzig*, 1856, 1 tom. en 3 vol. in-8, d. m. n.

155. Fischer R., Ueber Protestantismus und Katholicismus in der Kunst. — Helfferich A., Kunst u. Kunst-Styl. *Berlin*, 1853, in-8. — Ampère, Les renaissances. *Paris*, 1855, Extr. le tout en 1 vol. in-8, d. m. r.

Dédicace de M. Ampère.

156. Flandrin Hippol., Frise de la nef de l'église de Saint-Vincent-de-Paul, peinte et reproduite par lui-même en lithographie, 14 pl. dont 1 double. *Paris*, in-fol. obl. cart. d. toile.

157. Flaxman J., La divine comédie du Dante, gravée par Reveil d'après les compositions de Flaxman. *Paris*, s. d. pet. in-4 obl. d. m. n.

158. Fontenay Marie, L'autre monde. *Paris*, 1855, in-18 d. m. fauve.

159. Forster E., Peter von Cornelius, ein Gedenkbuch aus seinem Leben und Wirken. *Berlin*, 1874, 2 vol. in-8, portr. d. m. r.

160. Foucou F., Histoire du travail, la nature et l'homme. *Paris*, 1868, in-12, d. mar. v.

161. Franklin Benj., Nachgelassene Schriften u. Correspondenz, nebst seinem Leben. Aus d. Englischen. *Weimar*, 1817-19, 5 vol. in-8, portr. d. bas.

162. Fromentin E., Les Maîtres d'autrefois, Belgique-Hollande, *Paris*, 1876, in-8, d. m. v., tr. peigne.

Dédicace de l'auteur.

163. Frond V., Panthéon des illustrations françaises au XIXe siècle, comprenant un portrait, une biographie et un autographe de chacun des hommes les plus marquants. *Paris*, 1865-69, 16 vol., in-fol. d. m. plats, toile, tr. d.

La reliure n'est pas uniforme quant à la couleur.

164. Galichon E., Études critiques sur l'administration des beaux-arts en France de 1860 à 1870. *Paris*, 1871, in-8 d. m. bleu.

Dédicace de l'auteur.

165. Garnier Ch., Le Théâtre (Architecture, machinerie, etc.). *Paris*, 1871, in-8, d. m. r.

Dédicace de l'auteur.

166. Garnier Ch., A travers les arts, causeries et mélanges. *Paris*, 1869, in-12, d. m. v.

Dédicace de l'auteur.

167. Gaudry A., Les Enchaînements du monde animal dans les temps géologiques : mammifères tertiaires. *Paris*, 1878 gr. in-8, avec 312 grav. toile n. r.

Dédicace de l'auteur.

168. Gautier Th., Tra los montes, *Paris*, 1843, 2 tom. en 1 vol. in-8, d. veau viol., très bon état.

169. Gazette des beaux-arts, courrier européen de l'art et de la curiosité. Ire période et table des tomes 1 à 15. 25 vol. IIe période tomes 1 à 10. *Paris*, 1859-74, *gr.* in-8. fig. pl. reliés en 36 vol. d. m. viol.

170. Gazette des Beaux-Arts, Chronique des beaux-arts. Supplément à la Gazette des Beaux-Arts. 1863-67, 69, 71, 74, *Paris*, 9 vol. in-4°, d. bas. viol.

171. François Gérard, peintre d'histoire, Correspondance avec les artistes et les personnages célèbres, publ. par H. Gérard. *Paris*, 1867, gr. in-8, portr. d. m. r. tr. peigne.

172. Gerhard E., Verzeichniss der antiken Denkmäler im Antiquarium des Königl. Museums zu Berlin ; I. Abth. Gallerie der Vasen. Avec supplément : Neuerworbene antike Denkmäler des Königl. Museums zu Berlin. 3 parties. *Berlin*, 1834-46, 4 part. en 1 vol. in-12 pl. cart. d. toile.

Notes et fig. au crayon.

173. Goethe, Winckelmann und sein Jahrhundert. *Tübingen*, 1805, in-8, d. v.

174. Goethe's sämmtliche Werke. Vollständige, neu geordnete Ausgabe, *Stuttgart*, 1850-51. 30 tom. en 18 vol. in-8, d. m. Suivi d'un supplément. 1 vol. Elberfeld, 1852, in-8, d. m. v.

Belle édition.

175. Gogol N., Tarass Boulba, trad. du russe par L. Viardot, *Paris*, 1853, in-12, d. v. brun.

176. Göschel C. F., Unterhaltungen zur Schilderung Goethe'scher Dicht-und Denkweise. *Leipzig*, 1852, 3 t. en 1 vol. in-12, d. m. v.

177. Goschler J., Du Panthéisme. *Paris*, 1862, in-8, d. m. viol.

178. Gouraud Ch., Les destinées de l'inégalité entre les hommes. *Paris*, 1868, in-12 d. m. b.

179. Gregorovius F., Lucrèce Borgia d'après les documents et les correspondances. Trad. de l'allemand par P. Regnaud, *Paris*, 1876, 2 vol. in-8, pl. d, m. r.

180. Grenier E., La mort du Juif Errant, poëme. *Paris*, 1857, in-12, d. v. rose.

Dédicace de l'auteur.

181 Grenier E., Poëmes dramatiques. *Paris*, s. d. in-12, d. v. v.

Dédicace de l'auteur.

182. Grenier E., Jacqueline Bonhomme (1789-1800), tragédie moderne. — Du même, Marcel (poésie). *Paris*, 1875 et 1878, 2 vol. in-12, br. coupés.

Dédicace de l'auteur.

183. Grimm H., 15 Essays. Neue Folge. *Berlin*, 1875, in-8, d. m. brun.

184. Grimm H., Leben Michelangelos. *Hannover*, 1860-63, 2 vol. in-8, d. m. viol.

185. Gruyer F-A., Essai sur les fresques de Raphaël au Vatican. *Paris*, 1858, in-8, pl. d. m. viol.

186. Gruyer F.-A., Raphaël et l'antiquité. *Paris*, 1864, 2 vol. in-8, d. m. viol.

Dédicace de l'auteur.

187. Gruyer F.-A., Les Vierges de Raphaël et l'iconographie de la Vierge. *Paris,* 1869, 3 vol. in-8, d. m. viol.

Dédicace de l'auteur.

188. Gruyer F.-A., Les Œuvres d'art de la Renaissance italienne au temple de Saint-Jean (Baptistère de Florence). *Paris,* 1875, in-8, fig. d. m. viol.

189. Gruyer F.-A., Raphaël, peintre de portraits, fragments d'histoire et d'iconographie sur les personnages représentés dans les portraits de Raphaël. *Paris,* 1881, 2 vol. in-8, portr. br. coupés.

Dédicace de l'auteur.

190. Gruyer G., Les Illustrations des écrits de J. Savonarole, publ. en Italie au XVe et au XVIe siècle, et les paroles de Savonarole sur l'art. *Paris,* 1879, in-4, avec 33 grav., br. non coupé.

Dédicace de l'auteur.

191. Guizot, Études sur les beaux-arts en général. *Paris,* 1852, in-8, d. m. viol.

192. Guizot, Essais sur l'histoire de France. 4e édit. *Paris,* 1836, in-8, d. m. brun.

193. Gutzkow K., Börne's Leben. *Hamburg,* 1840, in-12, portr. d. v. fauve.

194. Hack l., Der christliche Bilderkreis, Erklärung der hh. Bilder. *Schaffhausen,* 1856, in-8, d. v. viol.

195. Hackländer F.-W., Das Soldatenleben im Frieden. — Humoristische Erzählungen. *Stuttgart,* 1846-47, 2 vol. in-12, cart. d. toile.

196. Harford J.-H., The life of Michel Angelo Buonarroti. *London,* 1857, 2 vol. in-8, pl. cart. anglais toil.

197. Harless E., Lehrbuch der plastischen Anatomie. *Stuttgart,* 1856-58, 3 tom. en 1 vol. in-8, fig. et pl. d. m. r.

198. Hartmann E. de, Le Darwinisme, trad. par G. Guéroult. *Paris*, 1877, in-12, d. m. bleu.

199. Heine H., De l'Angleterre. *Paris*, 1867, in-12, br. coupé.

200. Heine H., Neue Gedichte, 2. Aufl. — Atta-Troll. *Hamburg*, 1844-47, 2 tom. en 1 vol. in-12, veau fauve, t. d. bel expl. (*Reliure de Spachmann.*)

201. Heine H., Romanzero, Der Doktor Faust. *Hamburg*, 1851, 2 tom. en 1 vol. in-12, veau fauve, t. d., bel expl. (*Reliure de Spachmann.*)

202. Heine H., Buch der Lieder. 7. Aufl. *Hamburg*, 1849, in-12, veau fauve, tr. d., bel exempl. (*Reliure de Lefèvre.*)

203. Heine H., Briefe an seinen Freund Moser. *Leipzig*, 1862, in-12, veau fauve, tr. d., bel exempl. (*Reliure de Lefèvre.*)

204. Helbig W., Untersuchungen über die Campanische Wandmalerei. *Leipzig*, 1873, in-8, d. m. v.

205. Helmholtz H., Populäre wissenschaftliche Vorträge. 2. Aufl. *Braunschweig*, 1876, 3 part. en 1 vol. in-8. fig. d. m. v.

206. Hensel S., Die Familie Mendelssohn, 1727-1847, nach Briefen und Tagebüchern. *Berlin*, 1879, 3 vol. in-8, portr. d. m. v,

207. Hertz Ch., Le Paradis des noirs. *Paris*, s. d. in-12. fig. br. coupé.

208. Herwegh G., Gedichte eines Lebendigen. *Zürich*, 1843-45, 2 tom. en 1 vol. in-12, m. n.

209. Heyse Paul, Verse aus Italien. *Berlin*, 1880, in-12, toile pleine ornée, tr. r.

210. Heyse P., Thekla, ein Gedicht. Die Brüder, ein chines. Geschichte. *Stuttgart*, 1858 et *Berlin*, 1852. in-8, d. m. v,

211. Hiller F., Briefe an eine Ungenannte. *Köln*, 1877, in-8, toile pleine.

212. Hiller F., Künstlerleben (Bellini, Liszt etc.) *Köln*, 1880, in-8, d. m. r.

213. Histoire de Djouder le pêcheur, conte trad. de l'arabe par Cherbonneau et Thierry. *Paris*, 1853, in-12, d. m. v.

214. Histoire des peintres de toutes les écoles depuis la renaissance jusqu'à nos jours, accomp. du portrait des peintres, de la reproduction de leurs plus beaux tableaux et du fac-similé de leurs signatures et marques. Publié par Armengaud, O'Reilly et Ch. Blanc. *Paris*, 1849-54.

Livr. 1 à 116, en premier tirage.

215. Horace, Œuvres, traduction nouv. avec le texte en regard par F. Collet. *Paris*, 1845, in-18 d. m. v.

216. Horwicz A., Grundlinien eines Systemes der Aesthetik. *Leipzig*, 1869, in-8, d. m. v.

217. Hotho H.-G., Die Malerschule Huberts van Eyck nebst deutschen Vorgängern und Zeitgenossen. 1. Theil. *Berlin*, 1855, pet. in-8, d. m. r.

218. Houssaye A., Histoire de l'art français au XVIIIe siècle. *Paris*, 1860, in-8, frontisp. d. m. r.

219. Houssaye A., Histoire de Léonard de Vinci. *Paris*, 1869, in-8, portr. d. m. v.

Expl. sur grand papier, dédicace de l'auteur.

220. Houssaye A., Poésies complètes. *Paris*, 1850, in-12, frontisp. d. v. v.

221. Humboldt A. v., Ansichten der Natur. *Stuttgart*, 1826, tom. I. II, en 1 vol. in-32, d. m. r.

222 Humboldt Kosmos (en allemand). *Sttuttgart*, 1845-1862, 5 vol. avec index par E. Buschmann, in-8, d. m. r. — Bromme, Atlas zu Humboldt's Kosmos, 42 pl. et texte. *Stuttgart*, s. d. in-fol. obl. d. m. r.

223. Jacobson J. K. G. Technologisches Wörterbuch oder alphabet. Erklärung aller Künste, Manufakturen, Fabriken und Handwerker. Fortgesetzt von G. E. Rosenthal. *Berlin*, 1781-95, 8 vol. in-4, rel.

224. Jahrbücher für Kunstwissenschaft, Herausg. von A. von Zahn. *Leipzig*, 1868, 71, 72, 73, 1re, 4e, 5e et 6e années, 4 tomes en 3 vol. in-8, fig. d. m.

Reliure non uniforme.

225. Jean Paul, Pensées extraites de ses ouvrages, trad. par de la Grange, 2e éd. *Paris*, 1836, gr. in-8, d. m. r.

Dédicace du traducteur.

226. Jean Paul, Sämmtliche Werke. *Paris*, 1837, tome IV, gr. in-8, d. v. viol.

227. Ingres J.-A., Œuvres, gravées au trait sur acier par A. Reveil, 1800-1851. *Paris*, 1851, in-fol, 142 pl. cart. d. toile.

228. Inventaire général des richesses d'art de la France. Paris : monuments religieux, tome I. *Paris*, 1877, in-4, br. non coupé, papier vélin.

229. Jones Owen, Grammaire de l'ornement, illustrée d'exemples pris de divers styles d'ornement. *Londres*, s. d. 112 pl. color. avec texte explicat., in-fol., toile pleine, tr. d.

230. Jouffroy Th., Mélanges philosophiques, 2e édit. *Paris*, 1838, in-8, d. v, r.

231. Jouin H., David d'Angers, sa vie, son œuvre, ses écrits et ses contemporains. *Paris*, 1878, 2 vol. in-4, avec portraits et pl. d. m. v. n. r. tr, peigne, ébarbé.

Dédicace de l'auteur.

232. Jouin H., La Sculpture en Europe, 1878. *Paris*, 1879, gr. in-8, br., quelques feuilles coupées.

Dédicace de l'auteur.

233. Jules Romain, L'entrée de l'empereur Sigismond à Mantoue; gravé en 25 feuilles d'après une longue frise dans le palais du T. de la même ville, sur un dessin de Jules Romain, par A. Bouzonnet Stella. *Paris*, 1676, in-fol. obl. cart. d. toile.

234. Justi C., Winckelmann, sein Leben, seine Werke und seine Zeitgenossen. *Leipzig*, 1866-72, 2 tom. en 3 vol. in-8, portr. d. m. v.

Dédicace de Mme Lehmann mère.

235. Karr A., La Promenade des Anglais. *Paris*, 1874, in-12, d. m. v.

236. Karr A., L'art d'être malheureux. *Paris*, 1876. in-12, br. coupé.

237. Kempis Thomas a, Le livre de l'internelle consolacion, première version françoise de l'Imitation de Jésus-Christ. Avec des notes par Moland et d'Héricault. *Paris*, 1856, in-18, cart. toile n. r.

238. Kinkel G., Mosaik zur Kunstgeschichte. *Berlin*, 1876, in-8, d. m. r.

239. Knirim F., Die wahre Maler-Technik des klassischen Alterthums und des Mittelalters. *Leipzig*, 1845, in-8, cart. d. toile.

240. Kreyssig F., Vorlesungen über Gœthe's Faust. *Berlin*, 1866, in-12, d. m. v.

241. Kugler F., Handbuch der Kunstgeschichte. 3. Aufl. *Stuttgart*, 1856-58, 2 vol. in-8, fig. d. m. r.

242. Kuhn A., Die Idee des Schönen in ihrer Entwickelung. *Berlin*, s. d. in-16. d. m. viol.

243. Künstler-Briefe übersetzt und erlaütert von E. Guhl. *Berlin*, 1853-56, 2 vol. in-8, d. m. noir.

244. Laborde (le marquis de), Les Archives de la France, leurs vicissitudes pendant la Révolution, leur régénération sous l'Empire. *Paris*, 1867, in-12, d. m. r.

245. Lacroix P., Le Moyen Age et la Renaissance, histoire et description des mœurs, des sciences, des arts, etc., en Europe. *Paris*, 1848-51, 5 vol. in-4., fig. et pl. color. mar. plein, tr. d., au chiffre de M. Lehmann. (*Reliure de Gruel.*)

246. Lafaye, État des vitraux anciens dans les églises de Paris après le siège. *Paris* 1871. — R. Vischer, über das optische Formgefühl. *Leipzig* 1873. Suivi de 4 brochures sur les beaux-arts. Le tout en 1 vol. in-8, d. m. viol.

247. Lamartine, A. de, Méditations poétiques. 11e édit. *Paris* 1824, in-8, grav. s. acier, mar. plein. tr. d. (*Reliure de Bolz.*)

248. Lamartine, A. de, Voyage en Orient (1832-33). *Paris* 1835, 4 vol. in-12, fig., d. v. viol.

Quelques mouillures. — Première édition.

249. Lamathière F., Panthéon de la Légion d'honneur. Dictionnaire biograph. des hommes du XIXe siècle. *Paris* s. d., gr. in-8, tomes I à IV. Tome 1er d. m. v. plats toile, tomes 2, 3, 4, br. n. coupés.

250. Le même, tome II, br. n. coupé.

251. Langlois-Longueville, Manuel de miniature et de gouache. 3e éd. *Paris*, 1836, in-18, d. v.

252. Lasaulx E. v., Philosophie der schönen Künste. *München*, 1860, in-8, d. m. viol.

253. Laugel A., Les problèmes de la vie, de la nature et de l'âme. *Paris*, 1867-68, 3 tomes en 1 vol. in-12, d. m. Lavallière.

254. Laurent-Jan, Misanthropie sans repentir. 2e éd. *Paris*, 1857, in-32, d. m. fauve.

255. Lavater, La physiognomie. Traduction nouv. par H. Bacharach. *Paris*, 1841, in-4, avec 120 pl. cart.

Une partie des planches sont mouillées.

256. Lecoq de Boisbaudran, Enseignement artistisque. Dans le même vol. : Sommaire d'une méthode pour l'enseignement du dessin, etc. — Coup d'œil sur l'enseignement des beaux-arts. *Paris*, 1876-79. 3 ouvrages en 1 vol. in-8, d. m. v.

257. Lehmann J.-A.-O.-L., Gœthe's Sprache und ihr Geist. *Berlin*, 1852, in-8, d. m. v.

258. Lemcke C., Populäre Aesthetik. *Leipzig*, 1865, in-8, fig. d. m. viol.

259. Lenormant F., Les premières civilisations, études d'histoire et d'archéologie. *Paris*, 1874, 2 vol. in-8, d. m. bl.

260. (Le Riche), Antiquités des environs de Naples et dissertations qui y sont relatives. *Naples*, 1880, in-8, cart. d. toile.

261. Lerne E. de, Amoureux et grands hommes. *Paris*, 1854, in-12, d. v. fauve.

262. Le Sage, Gil Blas, accomp. de notes par Saint-Marc Girardin. *Paris*, 1861, in-12, d. m. v.

263. Lewes G. H., Ueber Schauspieler und Schauspielkunst. Uebersetzt von E. Lehmann. *Leipzig*, 1878, pet. in-8, d. m. v.

Dédicace du traducteur.

264. Liszt F., Chopin. *Paris*, 1852, in-8, d. m. Lavallière.

265. Livingstone D. et Ch., Explorations dans l'Afrique australe 1840-64, traduction abrégée par Belin de Launay. *Paris*, 1868, in-12, fig. d. mar. v.

266. Livret des Musées. Salon. Explication des ouvrages de peinture, sculpture, architecture, etc. des artistes vivants exposés au Musée royal et au Palais des Champs-Elysées. Années 1831, 33 à 50, 52, 53, 55, 57, 59, 61, 63 à 70, 72 à 80. *Paris*, in-12. 42 vol. cart. en pap.

267. Longus, Daphnis et Chloé, traduction d'Amyot, complétée par P.-L. Courier, avec portr et 43 compositions au trait par Léop. Barthe. *Paris*, 1863, in-fol. cart. toile r.

268. Lot de 20 vol. Littérature française : belles-lettres et varia et une partie de brochures, in-8 rel. et br.

269. Lot de 20 vol. Littérature allemande : belles-lettres et varia. In-8. rel. et br.

270. Lübke W., Gründriss der Kunstgeschichte. 4. Aufl. *Stuttgart*, 1868, in-8, fig. d. m. brun.

271. Lübke W., Kunsthistorische Studien. *Stuttgart*, 1869, in-8, d. mar. v.

272. Lübke W., Geschichte der Renaissance Frankreichs. *Stuttgart*, 1868, in-8° fig. d. m. Lavallière.

273. Lübke W., Vorschule zum Studium der kirchlichen Kunst des deutschen Mittelalters. 6. Aufl. *Leipzig*, 1873, in-8, fig. d. m. Lavallière.

274. Lucain, Silius Italicus, Claudien, Œuvres complètes, avec une traduction franç, publ. par Nisard. *Paris*, 1837, gr. in-8, 1 tom. rel. en 3 vol. d. v. fauve.

275. Ludwig A., Ueber die Grundsätze der Oelmalerei und das Verfahren der classischen Meister. *Leipzig*, 1876, in-8, d. m. n.

276. Macaulay, Essais histor. et biograph. trad. par G. Guizot. 1re série, *Paris*, 1860, in-8, d. m. r.

277. Macaulay, Histoire d'Angleterre depuis l'avènement de Jacques II. Traduction nouv. par E. Montégut. *Paris*, 1866, 2 vol. in-12, d. m. r.

278. Magnus H., Das Auge in seinen aesthet. und culturgeschichtl. Beziehungen. *Breslau*, 1876, in-8, d. m. r.

279. Mansion, Lettres sur la miniature. *Paris*, 1823, in-12, pl. d. v.

280. Marc-Aurèle, Pensées, traduction nouvelle par J. Barthélemy-Saint-Hilaire. *Paris*, 1876, in-12, d. m. Lavallière.

Dédicace du traducteur.

281. Markham, History of England. *London*, 1853, in-8, fig. cart. toile.

282. Martha C., Les Moralistes sous l'empire romain, philosophes et poètes. 3e édit. *Paris*, 1872, in-12, d. m. v.

283. Martin Th., Das Leben des Prinzen Albert, Prinz-Gemahls der Königin von England, Uebersetzt von T. Lehmann. *Gotha*, 1876-1881, 5 vol. in-8, d. m. vert (Le tome V est broché).

Dédicace du traducteur.

284. Maximilien (empereur du Mexique), Mémoires, trad. par J. Gaillard, 2e éd. *Paris*, 1868, 2 vol. in-12, d. m. Lavallière.

285. Mazois F., Le Palais de Scaurus, ou Description d'une maison romaine, fragment d'un voyage de Mérovir à Rome, etc. 3e édit. *Paris*, 1859, in-8, pl. d. m. n.

286. Ménard L. et R., De la sculpture antique et moderne. *Paris*, 1872, in-8, d. m. n.

287. Ménard R., Histoire des beaux-arts : art antique. *Paris*, s. d., in-12, d. m. fauve.

Dédicace de l'auteur.

288. Ménard L et R., Tableau historique des beaux-arts depuis la Renaissance jusqu'à la fin du XVIIIe siècle. *Paris*, 1866, in-8, d. m. n.

289. Ménard L., De la morale avant les philosophes. *Paris*, 1860, in-8, d. m. n.

Avec une lettre de l'auteur.

290. Mendelssohn-Bartholdy Felix, Briefe aus den Jahren 1830-47. Herausg. von P. und C. Mendelssohn Bartholdy. *Leipzig*, 1862-1863, 2 vol. in-8, d. m. v.

291. Mendelssohn-Bartholdy K., Goethe und Felix Mendelssohn Bartholdy. *Leipzig*, 1871, gr. in-8, portr., d. m. v.

292. Mercadier P.-L., Essai d'instruction musicale à l'aide d'un jeu des gammes. 2e édit. *Paris*, 1856, in-8, d. m. Lavallière.

293. Méritens Mme H.-A. de, Histoire de la République d'Athènes. *Paris*, 1866, in-12, d. v. v.

294. Meyer J., Geschichte der modernen französischen Malerei seit 1789. *Leipzig*, 1867, in-8, fig. m. v. tr. peigne.

295. Michel-Ange Buonarroti, Poésies trad. avec le texte en regard et des notes par A. Varcollier. *Paris*, 1826, in-8, d. m. viol. foncé.

296. Michelagnolo Buonarroti, Rime col commenti di G. Biagioli. *Parigi*, 1821, in-8, portr., d. m. noir.

297. Michelet, Histoire de France. *Paris*, 1833, Tomes I et II, in-8, d. cuir de Russie n. r.

298. Michiels A., Rubens et l'école d'Anvers. 4e édit. *Paris*, 1877, in-12, br., coupé.

299. Mignet, Antonio Perez et Philippe II. 2e édit. *Paris*, 1853, in-8, d. m. n.

300. Mignet, Charles-Quint, son abdication, son séjour et sa mort au monastère de Yuste, 2e édit. *Paris*, 1855. in-8, d. m. r.

301. Mill J. St., Ueber Religion, 3 Essays. Deutsch von E. Lehmann. *Berlin*, 1875, in-8, d. m. v.

302. Mollin A. v., Die Kunst in den heidnischen und christlichen Welt bis zum Tode Michel Angelos in fragmentar. Ueberblick. *Leipzig*, 1871, in-8, d. m. viol.

303. Monseignat C. de, Le Cid Campéador, chronique. *Paris*, 1853, in-12, v. fauve.

304. Montaigne, Essais, nouv. édit. *Paris*, 1850, in-12, d. m. bleu.

305. Monuments grecs publiés par l'association pour l'encouragement des études grecques en France. *Paris*, 1872-80, Nos 1-9, in-4, avec planches grav. br.

306. Annuaire de l'association pour l'encouragement des études grecques en France, 11e à 15e année. *Paris*, 1877-81, 5 vol. in-8, br., non coupés.

307. Moralejo J.-M., Manuel de conversations françaises et espagnoles. *Paris*, 1862, in-32, cart.,

308. Moreau A., Decamps et son œuvre, avec des reprod. en fac-simile des pl. originales les plus rares. *Paris*, 1869, gr. in-8, d. m. r., grandes marges.

200 exemplaires seulement ont été mis en vente. — Dédicace de l'auteur.

309. Mosen Jul., Don Johann von Œsterreich. Trauerspiel. *Oldenburg*, 1845, in-8, cart.

Dédicace de l'auteur. — N'a pas mis été dans le commerce.

310. Mothes O., Geschichte der Baukunst u. Bildhauerei Venedigs. *Leipzig*, 1859-60, 2 vol. in-8, fig. d. m. r.

311. Motz H., Ueber die Empfindung der Naturschönheit bei den Alten. *Leipzig*, 1865, in-8, d. m. viol.

312. Müller Fr. u. A. Seubert, Neues Künstler-Lexikon. Die Künstler aller Zeiten u. Völker. *Stuttgart*, 1857-70, 4 vol in-8, d. m. v.

313. Müller Max, Deutsche Liebe. Aus den Papieren eines Fremdlings. 2. Aufl. *Leipzig*, 1867, in-8, m. plein Lavallière, tr. d.

Dédicace de l'auteur.

314. Nagler G.-K., Die Monogrammisten. *München*, 1858-79, 5 vol. in-8, d. m. n.

315. Nicolo de Nicolaï, Le navigationi e viaggi della Turchia. Trad. dal francese da Franc. Flori. *Anversa*, 1576, in-8, avec 60 pl. de portr., m. n. tr. d.

316. Niel P.-G.-J.. Portraits des personnages français les plus illustres du XVIe siècle. Reproduits en fac-simile sur les originaux, dessinés aux crayons de couleur, avec notices. *Paris*, 1848-56, 2 vol. in-fol., m. r. tr. d. (*Reliure de Gruel*).

317. Notice des tableaux, etc. du musée Fabre, à Montpellier. *Montpellier*, 1859, in-12, d. m. v.
Notices au crayon.

318. Notice des tableaux et des sculptures du musée royal de La Haye. *La Haye*, 1874, in-12, avec 1 pl. et fac-simile de signatures, d. m. r.

319. Les mille et une nuits traduites par Galland. *Paris*, 1837, 3 vol. in-8, fig. d. m. r.

320. L'Offrande aux Alsaciens et aux Lorrains par la Société des gens de lettres. *Paris*, 1873, in-8, frontisp. d. m. n.

321. Ovide, œuvres complètes, avec la traduction en français, publiées par Nisard. *Paris*, 1850, gr. in-8, 1 tome relié en 3 vol. d. v. fauve.

322. Palgrave W. G., Une année dans l'Arabie centrale (1862-63), trad. abrégée par Belin de Launay. *Paris*, 1869, in-12, d. m. v. Avec dédicace.

323. Pelet A., Catalogue du Musée de Nîmes, notice histor. etc. *Nîmes*, 1855. in-8, d. m. v.

324. Pelletan E., Profession de foi du XIXe siècle. *Paris*, 1852, in-8, d. v. v.

325. Pettenkofer M. v., Ueber Oelfarbe und Conservirung der Gemälde-Gallerien. *Braunschweig*, 1878, in-8, d. m. v.

326. Pfau L., Freie Studien (über Kunst). *Stuttgart*, 1866, gr. in-8, d. m. r. tr. peigne.

327. Philidor A. D., Chess analysed. *London*, 1750, in-8, v. moucheté.

328. Pictet A., Du beau dans la nature, l'art et la poésie. *Paris*, 1856, in-12, d. m. v.

329. Pitture varie a fresco de principali maestri Veneziani, ora per la prima volta con le stampe pubblicate. *Venezia*, 1760, in-fol. 24 pl. rel.

330. Planche G., Portraits littéraires, 3e édit. *Paris*, 1853 2 vol. in-12, d. v. fauve.

331. Ponsard F., La Bourse, comédie. *Paris*, 1856, in-12, d. v. r. (*Titre taché*).

32. Ponsard F., Ulysse, tragédie.— L'Honneur et l'Argent, comédie. *Paris*, 1852-53, 2 tom. en 1 vol. in-12, d. m. r.
Dédicace de l'auteur.

333. Ponsard F., Théâtre complet, *Paris*, 1851, in-12, d. m. r.
Dédicace de l'auteur.

334. Ponsard F., Agnès de Méranie, tragédie. — Charlotte Corday, tragédie. —Horace et Lydie, comédie. *Paris*, 1847-50, 3 tom. en 1 vol. in-12. d. m. n.
Dédicace de l'auteur

335. Pontmartin (A. de) Nouveaux samedis. 2e série. *Paris*, 1866, in-12, d. v. v.

336. Prévost, Histoire de Manon Lescaut et du chevalier des Grieux, édition illustrée par Tony Johannot. *Paris*, s. d. gr. in-8, d. m. v. n. r. non piqué, bel expl.

337. Prévost, Histoire du chev. des Grieux et de Manon Lescaut. *Bruxelles*. 1840, in-18, d. v. viol.

338. Prévost-Paradol, La France nouvelle. 5e édit. *Paris*, 1868, in-12, d. m. v.

339. Quatrefages (A. de) La Race prussienne. *Paris* 1871, in-12, d. m. n.

40. Quatremère de Quincy, Dictionnaire historique d'architecture. Paris, 1832, 2 vol. in-4°, d. toile, n. r.

341. Quatremère de Quincy. Histoire de la vie et des ouvrages des plus célèbres architectes du XIe siècle jusqu'à la fin du XVIIIe. *Paris*, 1830, 2 vol. gr. in-8, pl. cart. à la Bradel n. r.

342. Quatremère de Quincy. Histoire de la vie et des ouvrages de Raphaël. *Paris*, 1824, in-8, portr. sur chine volant, v. gaufré, tr. d.

343. Quatremère de Quincy. Essai sur la nature, le but et les moyens de l'imitation dans les beaux-arts, *Paris*, 1823, in-8, v. bleu gaufré, tr. d.

344. Quellenschriften für Kunstgeschichte und Kunsttechnik des Mittelalters und der Renaissance, herausg. von R. Eitelberger von Edelberg. (Uebersetzt u. erlaütert von Ilg, Thausing, Valdek, etc.). *Wien*, 1871-80, tomes I à XIV rel. en 7 vol. in-8, d. m. noir.

Tome I. Cennino Cennini. II. Aretino. III. Dürer. IV. Heraclius. V. Michelaugo Biodono. VI. Condivi. VII. Theophilus Presbyter, tome Ier. VIII. Stockbauer. Die Kunstbestrebungen am Bayerische Hofe unter Herzog Albert V und Wilhem V. IX. Semper, H. Donatello, seine Zeit und Schule. X. Neudorfer J. Nachrichten von Künstlern. XI. Alberti L. B., Kleinere kunsthistor. schriften. XII. Quellen zur byzantin. Kunstgeschichte, tome I. XIII. Das Buch der Malerzeche in Prag. XIV. Houbraken's grosse Schouburgh, tome Ier.

345. Quellenschriften für Kunstgeschichte Band, XIV. A. Houbraken's grosse Schouburgh der niederlandischen Maler u. Malerinnen. Uebers. u. mit. Anmerkungen von A. v. Wurzbach. *Wien*, 1860, in-8, tome Ier. br. non coupé.

346. Quinet E., Œuvres complètes : Les révolutions d'Italie. *Paris*, 1874, in-12 d. m. v.

347. Quinet E., Lettres à sa mère. *Paris*, s. d. in-12 d. m. v.

348. Quinet E., Ahasvérus. Nouv. édit. *Paris*, 1843. in-12 d. m. v.

349. Rabelais F., Œuvres. *Paris*, 1835 gr. in-8, portr. v. rose tr. d. *Kohler*.

350. Racine J., Œuvres. *Paris, Charpentier*, 1840, in-12 d. m. r.

351. Racine, Œuvres. *Paris, Didot*, 1830, 3 vol., in fol. pl. grav, bonnes épreuves, mar, fauve, grain écrasé, ornements riches, tr. d. (*Reliure de Gruel*).

352. Ranke L., Französische Geschichte vornehmlich im 16. u. 17. Jahrhundert, *Stuttgart*, 1852-54, vol. I et II, in-8, d. m. r.

353. Regnault H., Correspondance annotée et recueillie par A. Duparc. *Paris*, 1872, in-12. portr. d. m. r.

354. Renée A., Madame de Montmorency, mœurs et caractères au XVIIe siècle. Avec appendix. *Paris*, 1858, in-8, d. m. n.

355. Renée A., Les nièces de Mazarin. Étude de mœurs et de caractères au XVIIe siècle. *Paris*, 1856, in-8, d. v. viol.

356. Rettberg R. v., Nürnberg's Kunstleben in seinen Denkmalen dargestellt. *Stuttgart*, 1854, in-8, fig. d. m. r.

357. Reynaud Ch., Epîtres, contes et pastorales. *Paris*, 1853, in-12 d. v. fauve.

358. Reynaud Ch., D'Athènes à Baalbek *Paris*, 1844, in-12, d. v, fauve. Il manque le titre.

359. Reynaud J., Histoire élément. des minéraux usuels, 2e éd. *Paris*, 1867, in-12, pl. noires et color., d. m. v. tr. peigne.

360. Ribot Th., La Philosophie de Schopenhauer. *Paris*. 1874, in-12, d. m. brun.

361. Rich A., Dictionnaire des antiquités romaines et grecques, trad. p. Chéruel. *Paris*, 1873, in-12, avec 2,000 grav. d. m. Corinthe, coins, tr. peigne.

362. Riegel H., Deutsche Kunststudien. *Hannover*, 1868, gr. in-8, d. m. r.

363. Rio A.-F., De l'art chrétien, 4 vol. — Épilogue à l'art chrétien, 2 vol. *Paris*, 1861-72, ensemble 6 vol. in-8, d. m. n.

Dédicace de l'auteur.

364. Rodenberg J., Wiener Sommertage. *Leipzig*, 1875, in-12, toile.

365. Rolle P.-N., Recherches sur le culte de Bacchus. *Paris*, 2 vol. in-8, v. pl. fauve.

366. Ronchaud, L. de, Phidias, sa vie et ses ouvrages. *Paris*, 1861, in-8, d. m. r.

Dédicace de l'auteur. Notes au crayon au commencement du volume.

367. Rosengarten A., Architectur-Bilder aus Paris und London. *Hamburg*, 1860, in-8, d. m. viol.

368. Rosini G., Descrizione delle pitture del Campo Santo di Pisa, 4e édit. *Pisa*, 1837, in-18, pl. cart. d. toile.

369. Rousseau J.-J., La Nouvelle Héloïse. *Paris*, s. d. 5 tom. en 2 vol. in-18, d. v. viol.

370. Roy J.-J.-E., Histoire de Jeanne d'Arc, 9e édit. *Tours*, 1851, in-12, d. m. b.

371. Rückert F., Die Weisheit des Brahmanen. Neue Ausgabe. *Leipzig*, 1843, in-12, t. pl.

372. Rückert F., Die Makamen des Hariri in freier Nachbildung, 2. Aufl. *Stuttgart*, 1837, 2 parties en 1 vol. in-8, d. bas. v.

373. Ruskin J., Lectures on architecture and painting. *London*, 1854, in-8, pl. cart. toile.

374. Sainte-Aulaire, le marquis de, Les derniers Valois, les Guise et Henri IV. *Paris*, 1854, in-12, d. m. v.

Un nom sur le titre.

375. Sainte-Beuve C.-A., Portraits contemporains. *Paris*, 1846, tome I et III, in-12, d. v. viol.

376. Sainte-Beuve, Volupté, 5e édit. *Paris*, 1861, in-12, d. v. viol.

377. La Saint-Barthélemy, Récit extrait de l'Estoile, Brantôme, etc. *Paris*, 1853, in-12, d. v. v.

378. Saint-Simon (le duc de), Louis XIV et sa cour, 1694-1715. Extraits des mémoires authentiques. *Paris*, 1853, in-12, d. v. br.

379. Saint-Simon, Le régent et la cour sous la minorité de Louis XV. *Paris*, 1853, in-12 d. v. br.

380. Salon. Catalogue du Salon 1880, *Paris*, 1880, in-12, toile.

381. Sauvage F.. Pensées morales et littéraires. *Paris*, 1876, in-12, d. m. r.

382. Schadow G., Polyclète ou théorie des mesures de l'homme selon le sexe et l'âge. 2e édit. *Berlin*, 1869, in-fol. cart. *Atlas seul* de 28 pl.

383. Schasler M., Kritische Geschichte der Aesthetik. 1. Abtheil. Von Plato bis zum 19. Jahrhundert. *Berlin*, 1872, in-8, d. m. v.

384. Schasler M., Die Gemälde W. von Kaulbachs im Treppenhause des Neuen Museums zu Berlin. *Berlin*, 1854. — Collot J.-P., Notice sur 7 esquisses de Rubens représentant la vie d'Achille. *Paris*, s. d. in-4, le tout en 1 vol. d. m. r.

385. Schillers's sämmtliche Werke. Vollständige Ausgabe in 1 Bande. *Stuttgart*, 1830, gr. in-8, portr. d. v. fauve. Suivi d'un vol. de supplément par K. F. v. Woltmann. *Leipzig*, 1841, gr. in-8, d. v. fauve.

386. Schlegel A. W. v., Ueber dramatische Kunst u. Literatur, 2. Ausg. *Heidelberg*, 1817, 3 vol. in-12, d. bas.

387. Schnaase C., Geschichte der bildenden Künste. 2. Aufl. *Düsseldorf*, 1866-79, 8 vol. gr. in-8, fig. d. m. v.

388. Schuhl M., Sentences et proverbes du Talmud et du Midrasch, suivis du traité d'Aboth. *Paris*, 1878, gr. in-8. d. m. n.

389. Schweinfurth G., Au cœur de l'Afrique (1868-71), traduction abrégée par J. Belin de Launay. *Paris*, 1877, in-12 fig. d. m. v.

Dédicace du traducteur.

390. Semper H., Donatello. I. Die Vorläufer Donatellos. *Leipzig*, 1870, in-8, fig. d. m. v.

391. de Senancour, Obermann, nouv. édition. *Paris*, 1840, in-12 d. m. r.

392. Simon J., Le Devoir, 4e édit. *Paris*, 1856, in-12, d. v. viol.

393. Simon J., La liberté de conscience. *Paris*, 1857, in-12, d. v. bleu.

394. Sommerard, E. du. Les monuments historiques de France à l'Exposition universelle de Vienne en 1873, *Paris*, 1876, gr. in-8, avec 1 carte. br. coupé.

395. Sophocles, deutsch von J.-J.-C. Donner. 2. Aufl. *Frankfurt*, 1842, 2 tom. en 1 vol. in-8, d. m. b.

396. Springer A., Raffael und Michel-Angelo. *Leipzig* 1878 in-4, pl. et fig., toile pleine ornée, tr. d.

Dédicace de la sœur de M. Lehmann.

397. Springer A., Bilder aus der neueren Kunstgeschichte. *Bonn*, 1867, in-8, d. m. r.

398. Staal Mme de (Mlle Delaunay), Œuvres. *Paris*, 1821, 2 vol in-8, d. v. fauve.

399. Stael Mme de, De l'Allemagne. Nouv. éd. par X. Marmier. *Paris*, 1852, in-12, d. m. r.

400. Stahr A., Zwei Monate in Paris. *Oldenburg*, 1851, 2 tom. en 1 vol. in-12, d. v. v.

401. Stanley A., Comment j'ai retrouvé Livingstone. Traduction abrégée par J. Belin de Launay. *Paris*, 1876, in-12, fig. d. m. v.
Dédicace du traducteur.

402. Stendhal (Henry Beyle), De l'amour, Seule édit. complète. *Paris*, 1855, in-12, d. v. fauve.

403. Stern D. (Mme d'Agoult), Mes souvenirs, 1806-33. *Paris*, 1877, in-8, v. fauve, ornements à froid, tr. dor.

404. Stern D., Essai sur la liberté. *Paris*, 1847, in-8, v. fauve, ornements à froid, tr. dor.

405. Stern D., Histoire de la révolution de 1848. *Paris*, 1850-53, 3 vol. in-8, d. v. fauve.

406. Stern D., Esquisses morales et politiques. *Paris*, 1849, in-12, v. fauve, tr. d. ornements à froid. (*Reliure de Spachmann.*)

407. Stern D., Nélida. *Paris*, 1846, in-8, v. fauve, tr. dor.
Dédicace de l'auteur.

408. Sterne L., Voyage sentimental, trad. par N. Fournier. *Paris*, 1866, in-12, d. v. viol.

409. Stirling W., Velasquez and his works. *London*, 1855, in-12, cart. toile.

410. Strauss D. E., Der alte u. der neue Glaube. Mit ein Nachwort als Vorwort. 8. Aufl. *Bonn*, 1875, in-8, d. m. v.

411. Strauss D. F., Kleine Schriften biograph., literar., und kunstgeschichtl. Inhalts. *Leipzig*, 1862, in-8, d. m. n.

412. Szarvady Fr., Paris. Politische und unpolit. studien und Bilder, 1848-52. *Berlin*, 1852, tome I, in-8, d. v. brun.

413. Taine H., De l'intelligence. *Paris*, 1870, 2 vol. in-8. d. m. viol.

414. Taine H., Philosophie de l'art, 1 vol. — Philosophie de l'art en Italie, dans les Pays-Bas, en Grèce. 3 vol. *Paris*, 1865-67, ensemble 4 vol. in-12, d. m. viol.

Notes au crayon.

415. Taine H., Les origines de la France contemporaine : l'ancien régime, 1 vol., la Révolution, tome 1. *Paris*, 1876-78, 2 vol. in-8, d. m. viol. tr. peigne.

Dédicace de l'auteur.

416. Testament le Nouveau, trad. sur la Vulgate par Le Maistre de Sacy. *Paris*, Didot, 1816, gr. in-8, v. racine.

417. Thausing M., Albert Dürer, sa vie et ses œuvres, trad. par G. Gruyer. *Paris*, 1878, in-4, avec 75 grav. d. m. bleu, tête dor. n. r.

Dédicace du traducteur.

418. Thausing M., Dürer, Geschichte seines Lebens und seiner Kunst. *Leipzig*, 1876, gr. in-8, portr. et pl. d. m. bleu, dos orné, tr. peigne.

419. Théocrite, Idylles; trad. en français avec le texte en regard par J. B. Gail. Nouv. édit. *Paris*, 1796, in-4, tome 1er d. v. fauve.

Les gravures manquent.

420. Thiers A., De la propriété. Edition popul. *Paris*, 1848, in-12, d. v. fauve.

421. Thomas E., Montpellier : tableau histor. et descriptif. *Montpellier*, 1857, d. m. v.

422. Thoré F., le Salon de 1846 et de 1847. *Paris*, 2 tom. en 1 vol. in-12, d. v. v.

Dédicace de l'auteur.

423. Thucydide, Histoire traduite par Lévesque. *Paris*, 1841, in-12, d. m. r.

424. Tolomei, Die dauerhaften Farben für die Oelmalerei. Landsberg. — Guillaume E., Idée générale d'un enseignement des beaux-arts appliqués à l'industrie. — Tanski, Souvenirs d'un soldat journaliste à Paris. Le tout en 1 vol. in-8, d. m. viol.

425. Tourgueneff I., les Eaux printanières. *Paris*, s. d. in-12, d. m. bleu.

426. Tourgueneff I., Nouvelles moscovites. *Paris*, s. d. in-12, d. m. bleu.

427. Tourgueneff I., Fumée, 4e édit. *Paris*, 1874, in-12, d. m. bleu.

428. Tourgueneff I., Étranges histoires. *Paris*. in-12, br. coupé.

429. Trabaud P., Esthétique archéologique. *Paris*, 1878, 2 vol. gr. in-8, br. non coupés.

430. Trautmann F., Kunst und Kunstgewerbe vom frühesten Mittelalter bis Ende der 18. Jahrh. Ein Hand- und Nachschlagebuch. *Nordlingen*, 1869, in-8, d. m. Lavallière.

431. Trésor de numismatique et de glyptique ou recueil général des médailles, monnaies, pierres gravées, bas-reliefs, etc. tant anciens que modernes, etc. sous la direction de P. Delaroche, H. Dupont, Ch. Lenormant. *Paris*, 1834-50, 13 vol. in-fol. pl, mar., plein Lavallière, tr. r. ornements à froid, au chiffre de M. Lehmann.

Contenu :

Nouvelle Galerie mytholog : Médailles numismat. des rois grecs. Iconographie des empereurs romains. Choix de médailles exécutées en Allemagne aux XVIe et XVIIe siècles. Médailles coulées et ciselées en Italie aux XVe et XVIe siècles, 2 parties. Bas-reliefs du Parthénon et de Phigalie. Médailles des papes. Bas-reliefs et ornements, 2 parties. Médailles françaises de Charles VII et de Louis XVI, 3 parties.

432. Trost J. J., Proportionslehre mit einem Kanon. *Wien*, 1866, in-4, fig. cart.

433 Unger W., Uebersicht der Bildhauer-u. Malerschülen seit Constantin dem Grossen. *Göttingen*, 1860. — Baader J., Beiträge zur Kunstgeschichte Nürnbergs. *Nordlingen*, 1860. — Concert de Rich. Wagner, Programme. *Paris*, 1860. Le tout en 1 vol. petit in-8, d. m. viol.

434 Unger F. W., Die bildende Kunst. Aesthetische Betrachtungen. *Göttingen*, 1858, in-8, pl. et fig. d. m. viol.

435. Unger M., Das Wesen der Malerei begründet und erläutert durch die in den Kunstwerken der bedeutendsten Meister enthaltenen Principien. Avec supplément. *Leipzig*, 1851-65, 2 vol. in-8, d. m. brun.

436. Valenciennes P.-H., Anleitung zur Linear — und Luftperspectiv, Uebersetzt von Meynier. *Hof*, 1803, in-8, avec 36 pl. cart. en pap.

437. Valery, Voyages histor. et littéraires en Italie pendant les années 1826-28. *Bruxelles*, 1835, gr. in-8, d. toile, taché.

488. Valery, le même ouvrage. 2e édit. *Paris* 1838, 3 vol. in-8, cart.

439. Varnhagen von Ense K. A., Tagebücher. 2. Aufl. *Leipzig*, 1863, t. I à IV, in-8, d. m. n.

440. Vasari G., Le vite de più eccellenti pittori, scultori e architetti. *Firenze, Le Monnier*, 1846-57, 13 vol. in-12, portr. d. m. noir, tr. peigne.

Dédicace de H. Delaborde à M. Lehmann.

441. Vasari G., Opere : vite degli artefici. *Milano, Bettoni*, 1819, 16 tomes en 6 vol, in-18, d. m. n, coins, tr. marb.

442. Vasari, Das Leben Raphaels, italien. Texte, Uebersetzung und Commentar von H. Grimm. 1re partie. *Berlin*, 1872, in-8, d. m. viol, ébarbé, n. r.

443. Vandremer E., Monographie de la maison d'arrêt et de correction pour hommes, construite à Paris, rue de la Santé. *Paris*, 1871, in-4, pl. sur Chine, d. m. n.

444. Vandremer E., Église Saint-Pierre-de-Montrouge (14e arrondissement). *Paris*, 1874, in-fol. Description sommaire, 7 pl. photogr., et 1 plan sur Chine, d. toile.

445. Veuillot L., Petite philosophie, 2e édit. *Paris*, 1854, in-12, d. mar. noir.

446. Viardot L., Les Musées d'Allemagne, guide et memento. *Paris*, 1855, in-12, d. m. v.

447. Viardot L., Les Musées d'Angleterre, de Belgique, de Hollande et de Russie, guide et memento. *Paris*, 1858, in-12, d. m. v.

448. Villari P., J. Savonarole et son temps, d'après de nouveaux documents. Traduit par G. Gruyer. *Paris*, 1874, 2 vol. in-12, br. non coupés.

Dédicace du traducteur.

449. Villemain, Cours de littérature française. 1re partie le XVIIIe siècle. *Paris*, 1838, 2 vol. in-8, d. bas, viol.

450. Villemain, Souvenirs contemporains d'histoire et de littérature. *Paris*, 1854, in-8, d. m. Lavallière.

451. Vinci Lionardo da, Trattato della pittura, tratta de un cod. della Biblioteca vaticana da G. Manzi. *Roma*, 1817, in-4, avec atlas de 22 pl. 2, vol., d. m. n.

452. Vinet E., Bibliographie méthodique et raisonnée des beaux-arts. *Paris*, 1874, gr. in-8, d. m. n.

453. Vinet E., Catalogue méthodique de la bibliothèque de l'Ecole nationale des beaux-arts. *Paris*, 1873, gr. in-8, d. m. n.

454. Viollet-le-Duc, Dictionnaire raisonné de l'architecture française du XIe au XVIe siècle. *Paris*, 1854-68, 10 vol. gr. in-8, fig. d. m. n, tr. jaspées.

455. Vischer R., Luca Signorelli und die italienische Renaissance. *Leipzig*, 1879, in-8, portr. d. m. v.

456. Vivant Denon, Voyage dans la basse et la haute Égypte pendant les campagnes du général Bonaparte. *Paris*, 1801, 1 vol. de texte in-4 et atlas in-fol. d. m. n. Bel expl.

457. Voisin F., Analyse de l'entendement humain. *Paris*, 1858, in-8, d. v. viol.
Dédicace de l'auteur.

458. Voltaire, Romans. *Paris*, *Didot*, 1844, in-12, portr. d. m. v.

459. Voltaire, Histoire de Charles XII. *Paris*, 1829, in-8, d. v. v.

460. Waagen G. F., Kleine Schriften. *Stuttgart*, 1875, in-8, portr. d. m. v.

461. Wallner E., Die Harmonie u. Charakteristik der Farben mit Anwendung. Erfurt. — Werber, Grundlegung der philosophie des Schönen und des Wahren. Heidelberg 1873. — Davioud J. A. G., L'art et l'industrie. *Paris*, 1874, in-8. Les 3 ouvr. en 1 vol. d. m. viol.

462. (Wallon), M. Cousin, Étude. *Paris*, 1859, in-8, d. m. n.
Dédicace de l'auteur.

463. Weiss H., Kostümkunde der Völker des Alterthums. *Stuttgart*, 1860, 2 vol. in-8, d. mar. corinthe.

464. Wessely J. E., Iconographie Gottes und der Heiligen. *Leipzig*, 1874, in-8, d. m. r.

465. Westphal J. H., Die römische Kampagne in topograph. u. antiquarischer Hinsicht. *Berlin*, 1829, in-4. cartes, cart. en d. toile.

466. Wessely J. E., Die Gestalten des Todes und des Teufels in der darstellenden Kunst. *Leipzig*, 1876, in-8, fig. d. m. Lavallière.

467. Willemin N, X., Monuments français pour servir à l'histoire des arts depuis le VIe siècle jusqu'au commencement du XVIIe. Choix de costumes, d'armes, instruments, meubles et de décorations, dessinés, grav. et color. d'après les originaux. Classés et accomp. d'un texte par A. Pottier. *Paris*, 1829, in-fol. Texte : 2 tom. en 1 vol. d. mar. r. Planches 2 vol. en 2 portefeuitles d. m. r.

468. Winckelmann J., Versuch einer Allegorie besonders für die kunst. Säcularausgabe aus des Verfassers Handexpl. hersg. von A. Dressel. *Leipzig*. 1866, in-4, portr. — Suivi de 6 brochures sur les arts, par Garrigou, Gruyer, Normand et Donaldson (Notice sur Hittorf), Chevreul (Les arts qui parlent), Comarmond, Description de l'écrin d'une dame romaine trouvé à Lyon en 1841, avec 4 pl, Le tout en 1 vol. in-4, d. m. viol.

Dédicaces de Gruyer et de Comarmond.

469. Winckelmann's Werke, herausg, von C.-L. Fernow. *Dresden*, 1808, 2 vol. in-8, v.

Il manque le portrait et les gravures.

470. Woltmann A., Geschichte der Malerei, vol. I. — Malerei des Alterthums von K. Woermann. — Malerei des Mittelalters von A. Woltmann. *Leipzig*, 1879, in-4. fig. d. m. r. Plus les livr. 9 et 10 du même ouvrage, br. 1881.

471. Woltmann A., Holbein und seine Zeit, 2. Aufl. *Leipzig*, 1874, gr. in-8, pl. d. m. r., dos orné, tr. peigne.

472. Wolzogen A. v., Peter von Cornelius. *Berlin*, 1867, in-8, d. m. b.

Dédicace de Mme Lehmann mère.

473. Wolzogen Caroline v., Schiller's Leben. *Stuttgart*, 1830, 2 vol. in-12, d. v. fauve.

474. Zahn A. v., Dürer's Kunststellung und sein Verhältniss zur Renaissance. *Leipzig*, 1866, in-8, cart.

475. Zeising A., Neue Lehre von den Proportionen des menschlichen Körpers. *Leipzig*, 1854, in-8, fig. d. m. r.

476. Zimmermann R., Geschichte der Aesthetik als philosophischer Wissenschaft. *Wien*, 1858, in-8, d. v. viol.

PARIS. — IMP. CHAIX (S.-O.). — 1104-3.

RED. :

15

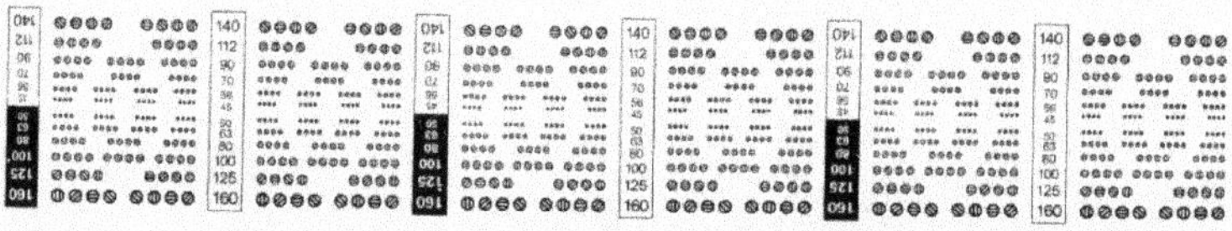

www.ingramcontent.com/pod-product-compliance
Ingram Content Group UK Ltd.
Pitfield, Milton Keynes, MK11 3LW, UK
UKHW021514260726
13993UKWH00004B/1663

9 782329 219066